たべもののおはなし● ラーメン

天《あま》の川《がわ》のラーメン屋《や》

富安陽子 作　石川えりこ 絵

講談社

どんよりくもった、日曜日《にちようび》の
朝《あさ》のことでした。
「商店街《しょうてんがい》のお肉屋《にくや》さんで、
とくせいヤキブタ、
買《か》ってきてちょうだい。
お昼《ひる》は、ラーメンに
するから。」
おかあさんに言《い》われて、
シンくんは、おつかいに
出《で》かけました。

お肉屋《にくや》さんのとくせいヤキブタは、あまからいタレにつけこんだブタ肉《にく》を、じっくり、むしやきにした、でっかいかたまりです。シンくんの家《いえ》では、ラーメンにはいつも、この、とくせいヤキブタをぶあつく切《き》って、のっけることになっていました。あぶらがたっぷりのって、口《くち》に入《い》れるとホロリととろけるような、このヤキブタは、お肉屋《にくや》さんの人気商品《にんきしょうひん》でしたから、早《はや》く買《か》いにいかないと、すぐ売《う》りきれてしまうのです。

今日《きょう》も、シンくんがお肉屋《にくや》さんにたどりついてみると、ヤキブタはもう、のこり一こ。あぶないところでした。シンく

んは、そのラストひとつの
ヤキブタを、買《か》って帰《かえ》りました。

ところが、
その帰《かえ》り道《みち》のことです。
あと、もうちょっとで、
家《いえ》に帰《かえ》りつく……という
ところで、公園《こうえん》の前《まえ》を
通《とお》りすぎようとした
シンくんは、ひとりの
おじいさんに、よびとめ
られました。
「もしもし、そこの、

ぼっちゃん。」
ふりむいたシンくんは、
ちょっと、びっくり
しました。
公園《こうえん》の入《い》り口《ぐち》の
ベンチに、
まっ白《しろ》いひげを
長《なが》ぁくたらした、
おじいさんがひとり、
すわっていたのです。

長《なが》いのは、ひげばかりではありません。白《しろ》いまゆ毛《げ》も、ふさふさと長《なが》くのびて、両目《りょうめ》の上《うえ》にかぶさっています。だけど、おじいさんにかみの毛《け》はなく、みがきあげたような頭《あたま》がくもり空《ぞら》の下《した》で、つやつや光《ひか》っていました。

でも、シンくんがびっくりしたのは、そのおじいさんの人相《にんそう》ではありません。通《とお》りすぎたときには、だれもいなかったはずのベンチの上《うえ》に、とつぜん、どこかからふってわいたように、おじいさんがあらわれていたから、おどろいたのです。

びっくりしているシンくんに、おじいさんが言《い》いました。

「ぼっちゃんや、おまえさんがもっている、そのとくせいヤキブタを、わしに、ゆずってもらえんか？　もし、ゆずってくれたら、世《よ》にもふしぎなたからものをあげよう。」

シンくんは、きっぱり、首《くび》をよこにふりました。

「たからものなんて、いりません。ヤキブタは、あげられないよ。だって、おかあさんに、買《か》ってきてって言《い》われたんだもん。」

「まあまあ、そこを、なんとか……。」

そう言《い》う、おじいさんの前《まえ》から、シンくんは、じりじりとあとずさりました。

「だめだよ。これ、お昼《ひる》のラーメンに入《い》れるんだから！」

「ああ！　ラーメン……。」

おじいさんは、きゅうに、うっとりしたように言《い》いました。

「ラーメンは、さいこう！　とくせいヤキブタを、のっければ、もっと、さいこう！　それなのに、今日《きょう》は、とくせいヤキブタは、売《う》りきれ！　だから、ぼっちゃんや、ぜひ、そのとくせいヤキブタを、わしに、ゆずってほしいんじゃ。」

「むりです！　だめです！　ごめんなさい！」

そうさけんで、シンくんは、ダッとかけだしました。おじいさんの目《め》の前《まえ》から、にげだして、そのまま、いちもくさんに、家《いえ》まで走《はし》って帰《かえ》ったのです。

それなのに――。
いったい、どうなって
いるのでしょう?
家《いえ》に帰《かえ》ったシンくんが、
手《て》さげぶくろを
のぞいてみると、
買《か》ってきたはずの、
とくせいヤキブタが、
なくなっていた
ではありませんか!

「どっかで、おとしてきたんじゃないの？」

と、おかあさんは言《い》いました。

「ほんとに、ちゃんと、買《か》ってきたのか？」

と、おとうさんは言《い》いました。

「ちゃんと、買《か》ってきたよ！　おっことしたりしてないもん！」

シンくんは、ひっしに言《い》いました。そして、あの、へんてこなおじいさんのことを、おとうさんとおかあさんに話《はな》して聞《き》かせました。でも、おとうさんもおかあさんも、シンくんの話《はなし》を、うたがっているようでした。

「そんな、へんてこなおじいさんが、公園《こうえん》の入《い》り口《ぐち》のベンチに、すわってるはずないでしょ？」

って、おかあさんは言《い》いました。

「もし、ほんとうに、ヤキブタとたからものをこうかんしたんなら、そのたからものは、どこにあるんだ？」

と、おとうさんが言《い》いました。

「だから、こうかんなんか、してないんだったら！　ぼくは、ヤキブタはあげないって言《い》って、走《はし》って帰《かえ》ってきたんだってば！」

いくらシンくんが言《い》っても、ないものはないのです。

いくらさがしても、手《て》さげぶくろを何回《なんかい》のぞいても、ヤキブタは、どこにもありませんでした。

しかたがないので、その日《ひ》のラーメンは、ヤキブタぬきになりました。

そうそう――。からっぽだと思《おも》った、手《て》さげぶくろの中《なか》に、入《はい》っていたものがあります。どこで、まぎれこんだのか、みどり色《いろ》のエンドウ豆《まめ》がひとつぶ。もちろん、そんなお豆《まめ》なんて、シンくんはつまみだして、まどの外《そと》にすててしまったのですけれどね。

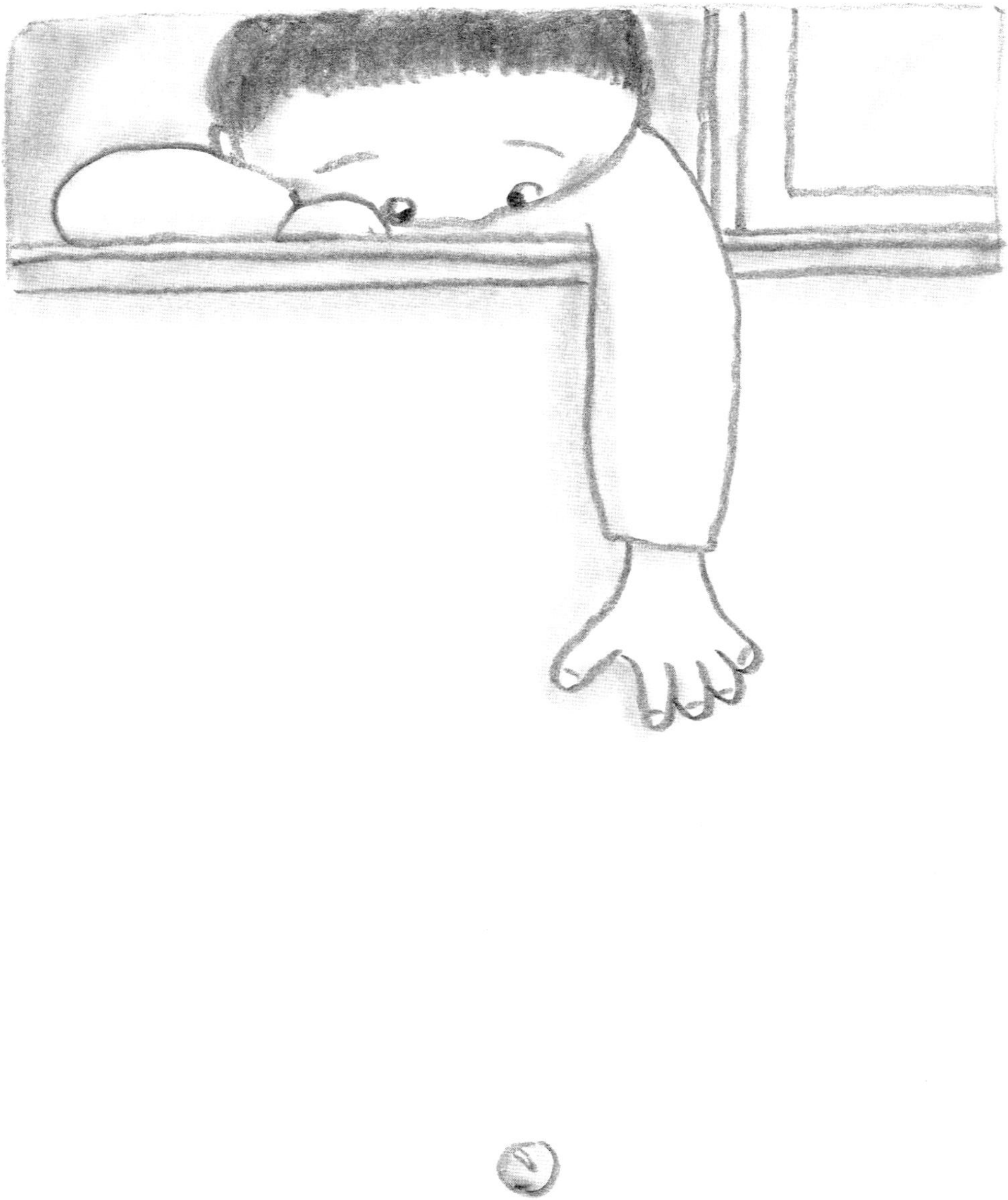

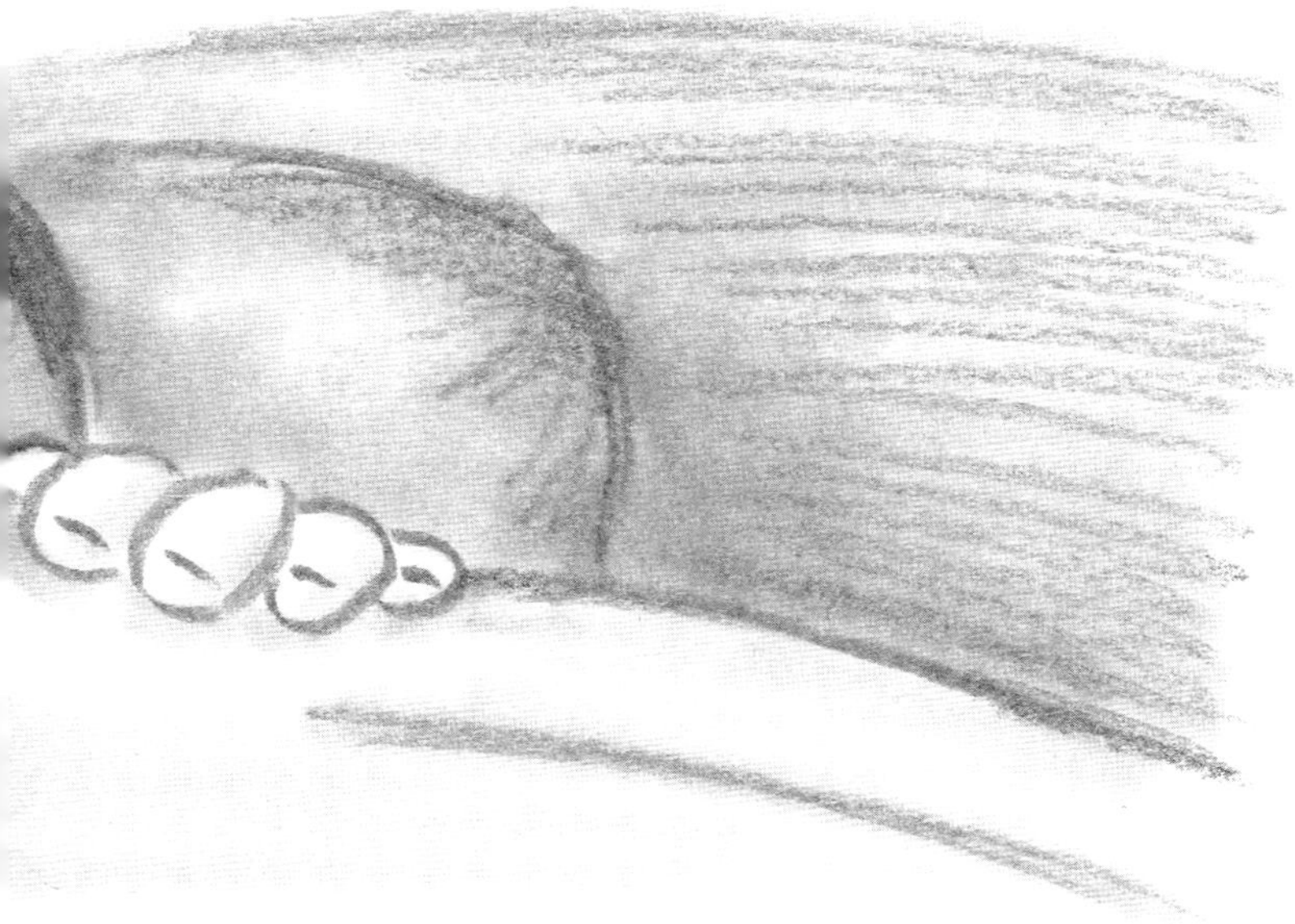

さて、その日《ひ》の夜《よる》のことでした。

へやのまどに、なにかがぶつかる音《おと》がして、シンくんは、目《め》をさましました。

カサン、パサン、ザワワン。

なんの音《おと》でしょう？　風《かぜ》にゆれる木《き》のこずえが、まどガラスにぶつかるような音《おと》です。でも、シンくんのねている、二か

いのまどにとどく木《き》なんて、ないはずなのです。
カサン、パサン、ザワワン。
とうとう、シンくんは、ベッドからおきあがりました。ねむたい目《め》をこすりながら、ちょっぴりカーテンをあけて、外《そと》をのぞいたシンくんは、「え？」と、びっくりしました。

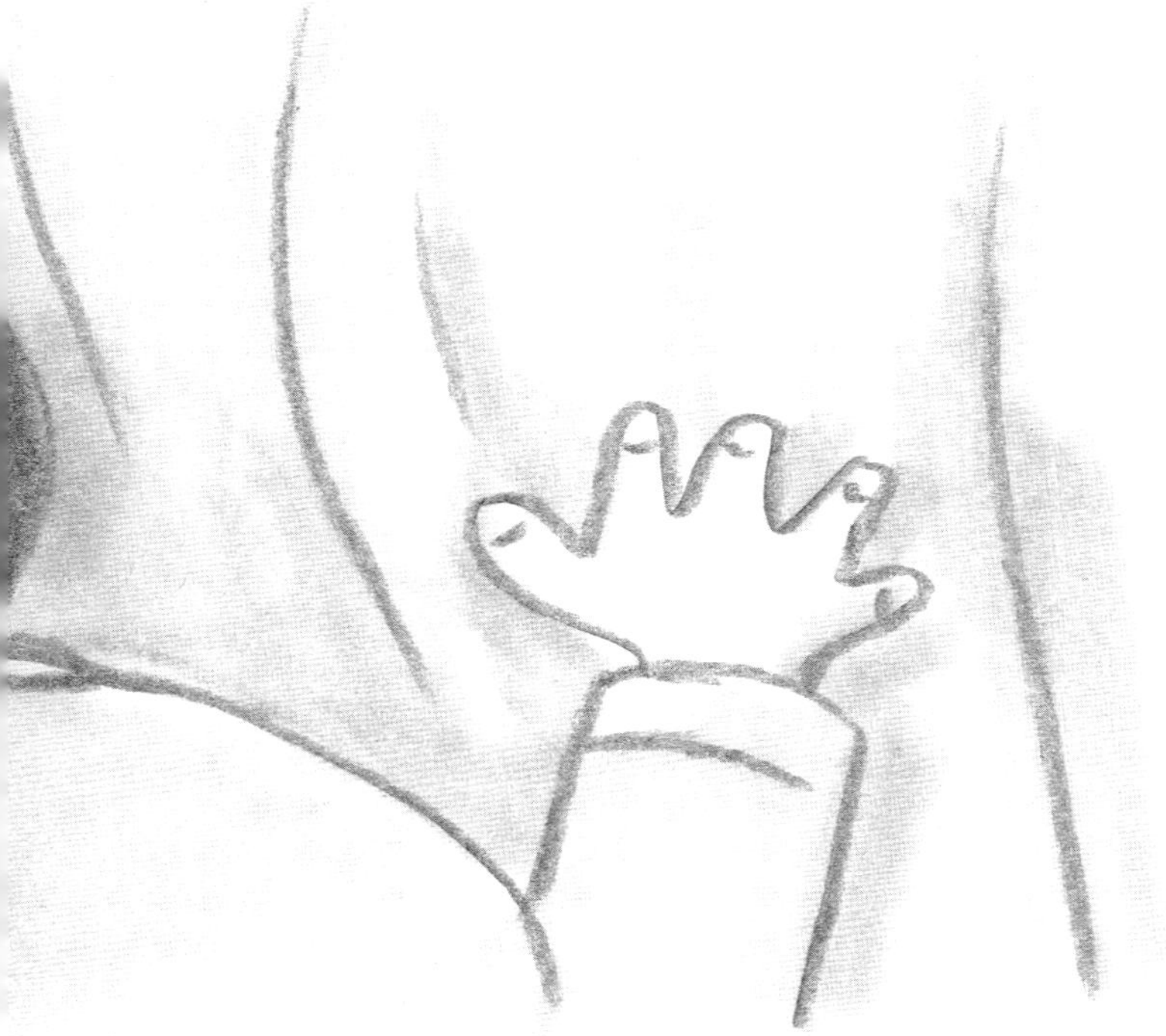

青々《あおあお》とはっぱのしげった、木《き》のえだのようなものが、シンくんのへやのまどべに、のびてきていました。
こんなもの、どこからのびてきたんだろう？
と、のぞきおろしてみると、にわのまんなか

に、太《ふと》い木《き》のねもとが見《み》えました。

どこまで、のびていくんだろう？

と、見《み》あげてみると、にょきにょきのびた木《き》の先《さき》は、なんと、たれこめる雲《くも》をつきぬけ、空《そら》までとどいているようでした。

木《き》のてっぺんがつきやぶった雲《くも》のすきまからは、お月《つき》さまが顔《かお》をのぞかせて、青白《あおじろ》いスポットライトで、シンくんの家《いえ》のにわにはえた、きょだいな木《き》をてらしています。

月《つき》の光《ひかり》の中《なか》に目《め》をこらし、よくよく見《み》ると、その木《き》のみきは、何本《なんぼん》もの、太《ふと》いツルがからまりあって、できていました。しげったはっぱのかげには、なにやら、細長《ほそなが》い実《み》のようなものが、いくつもぶらさがっています。シンくんは、その実《み》を見《み》て、ハッと気《き》がつきました。

「豆《まめ》だ！　これ、豆《まめ》の木《き》だ！　豆《まめ》のツルがからまりあって、太《ふと》い木《き》になってるんだ！」

そうなのです。はっぱのかげに、ぶらさがっていたのは、みどり色《いろ》の、大《おお》きな豆《まめ》のサヤでした。

「すっごい！」

シンくんは、さけびました。

「これ、きっと、ぼくがすてた、あの豆《まめ》からはえてきたんだ！　すごい！『ジャックと豆《まめ》の木《き》』みたいだ！」

すると、そのときです。まどの外《そと》から、かすかな声《こえ》が、聞《き》こえました。

「おうい！　そこの、ぼうやあ！　のぼっておいでえ！」

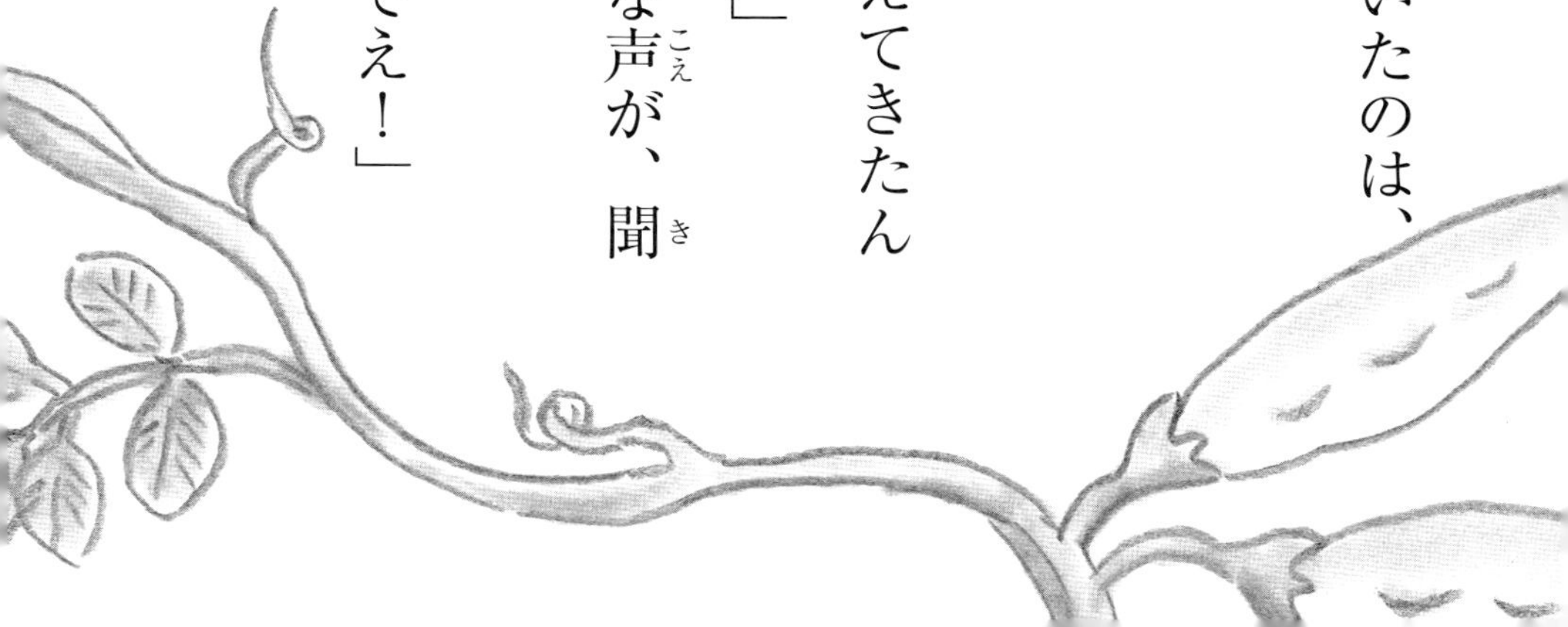

シンくんは、いそいでカーテンを引《ひ》きあけ、まどをひらきます。

こんどは、ハッキリとした声《こえ》が、豆《まめ》のツルののびていく空《そら》の上《うえ》から聞《き》こえてきました。

「おういったら！　早《はや》く、のぼっておいでえ！　こっち、こっち。」

シンくんが、まどから身《み》をのりだして、豆《まめ》の木《き》のてっぺんのほうを見《み》あげようとしたときです。

シンくんのへやのほうにのびていた豆《まめ》のツルが、スルリとうごいて、シンくんの体《からだ》に、くるりとまきつきました。

そして、そのツルは、シンくんの体《からだ》をもちあげて、ぐんぐん空《そら》へ、のびはじめたのです。

「わあああっ！」と、さけんでいるあいだに、豆《まめ》のツルは、どんどん、どんどん、のびていきました。

家《いえ》も町《まち》も、遠《とお》ざかり、たれこめる雲《くも》が近《ちか》づいてきます。

とうとう、雲《くも》をつきぬけたところで、やっと、ツルはのびるのをやめました。そして、シンくんの体《からだ》からスルリとほどけました。シンくんは、やわらかな雲《くも》の上《うえ》に、ぽとりと、しりもちをついて、おっこちました。

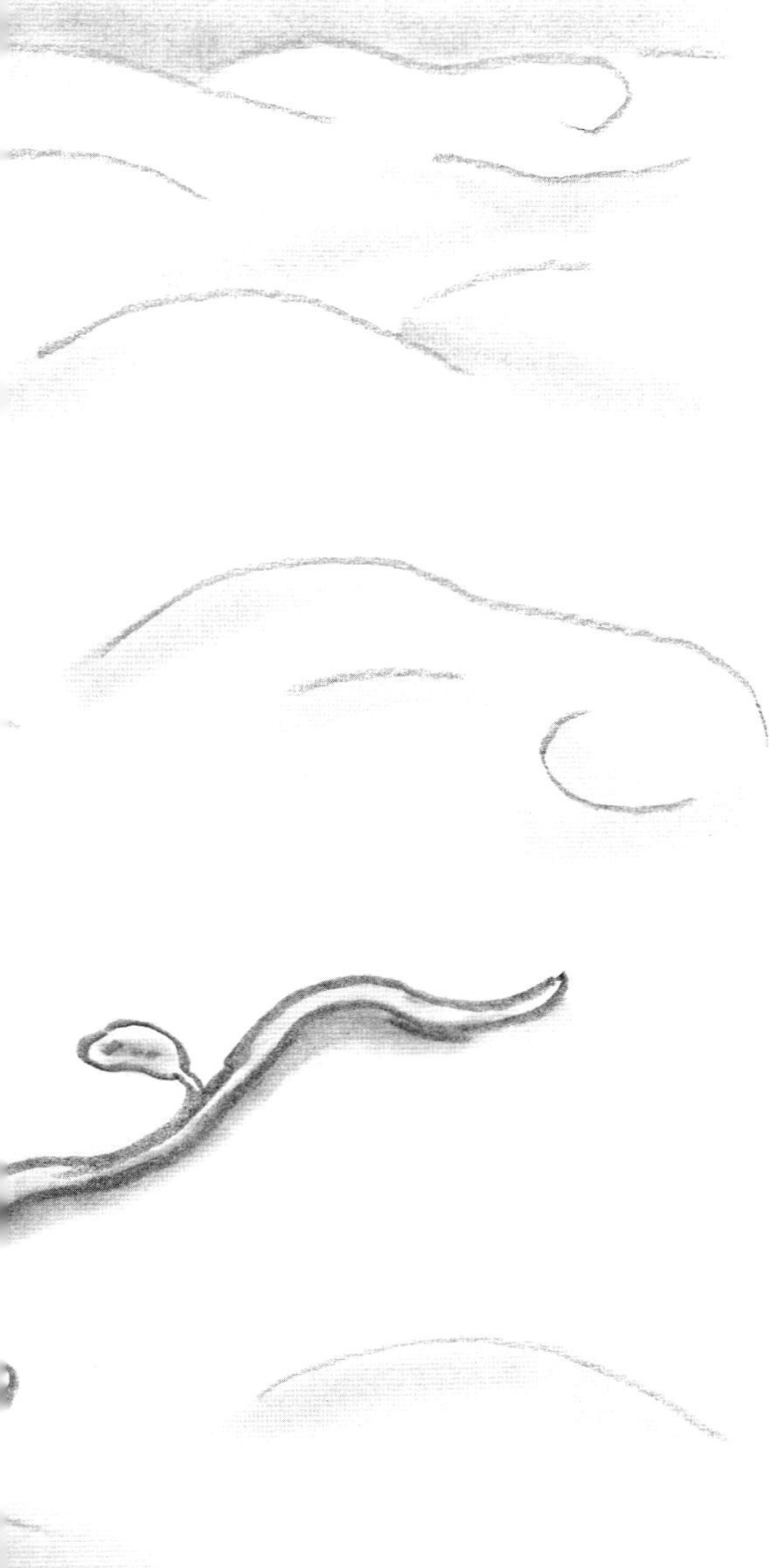

「ようこそ、ようこそ。」

頭《あたま》の上《うえ》で、声《こえ》がします。

見《み》あげると、すぐそこに、豆《まめ》の木《き》のてっぺんが見《み》えました。そして、その木《き》の下《した》には、あの、白《しろ》いひげのおじいさんが立《た》って、竹《たけ》であんだザルのようなものをかかえ、にこにこ、シンくんのことを見《み》つめていたのです。

「ここ、どこ？」

シンくんは、ぽかんとしながら、きょろきょろ、まわりを見《み》まわしました。

豆《まめ》の木《き》の上《うえ》に、まあるい月《つき》が見《み》えます。でも、あたりをつつんでいるのは、青白《あおじろ》い月《つき》の光《ひかり》より、もっと明《あか》るいすきとおった光《ひかり》でした。

「ここは、天《あま》の川《がわ》のほとりだよ。」
と、白《しろ》いひげのおじいさんが言《い》いました。
なるほど、豆《まめ》の木《き》のむこうには、
ゆったりとながれる、大《おお》きな川《かわ》が見《み》えました。
むこうぎしも見《み》えないぐらい、
大《おお》きい川《かわ》です。それは、ふしぎな
川《かわ》でした。水《みず》は、キラキラと
かがやきながら、音《おと》もなく
ながれていきます。
その水《みず》のかがやきが、

あたりを明《あか》るく
てらしていたのです。

そのときゅうに、シンくんは、どこかから、すごく、おいしそうなにおいがしてくることに、気《き》がつきました。うっとりしてしまうような、においです。どこからにおってくるのでしょう?

しきりに、はなをひくつかせ、あたりをきょろきょろ見《み》まわしているシンくんを見《み》て、白《しろ》いひげのおじいさんが、にんまりわらって、言《い》いました。

「かぎつけたようじゃな。」

シンくんは、思《おも》わずしつもんしました。

「なんの、におい?」

すると、おじいさんは、
ふさふさのまゆを
ひそめて、ムッとした
ように言《い》いました。
「なんだ、
わからんのか？」
わかりそうで、
わかりません。
思《おも》いだせそうで、
思《おも》いだせません。

考《かんが》えこんでいるシンくんにむかって、やがて
おじいさんは、おごそかに言《い》いました。
「ラーメンじゃよ。これは、わしの、とくせい
天《あま》の川《がわ》ラーメンのにおいじゃ。」
「あまのがわラーメン？」
シンくんが、くりかえします。
「ほうら、あそこを見《み》てごらん。
わしの屋台《やたい》が見《み》えるだろう？」
おじいさんが、ながれる
天《あま》の川《がわ》の上流《じょうりゅう》をゆびさします。

シンくんは、やっと
豆《まめ》の木《き》の下《した》から
立《た》ちあがって、
おじいさんの
ゆびさすほうを、
ながめてみました。

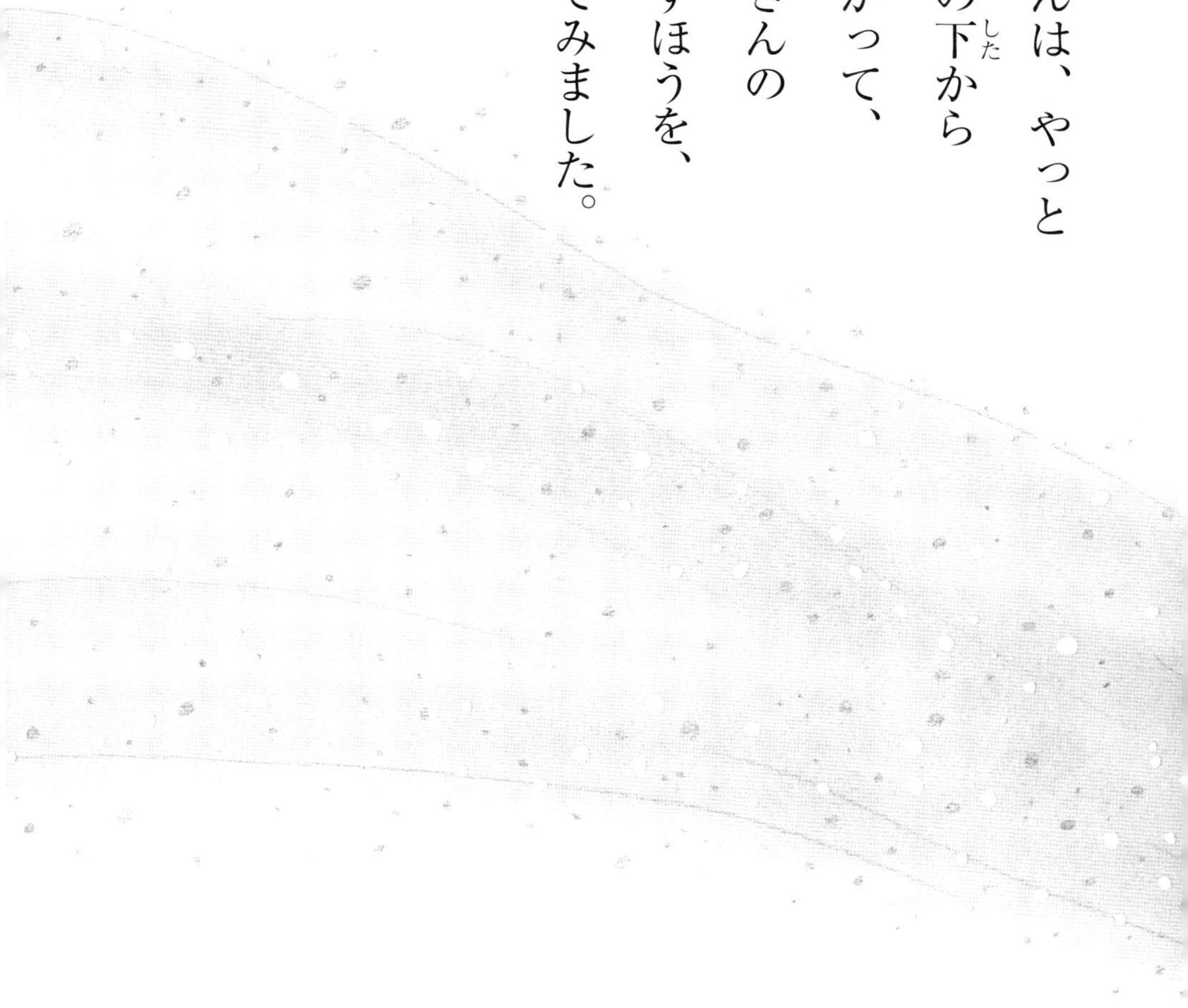

豆《まめ》の木《き》から、すこしはなれた、天《あま》の川《がわ》の川《かわ》ぎしに、ぽつんとひとつ、小《ちい》さな屋台《やたい》がたっているのが見《み》えました。

車《しゃ》りんつきの、大《おお》きなはこみたいな台《だい》の上《うえ》に、屋根《やね》がついていて、その屋根《やね》のひさしには、

赤《あか》いちょうちんがひとつ、ぶらさがっています。
ちょうちんには、黒《くろ》い字《じ》で、「天《あま》の川《がわ》ラーメン」と書《か》いてありました。
うっとりするような、おなかがギュウギュウしめつけられるような、すてきなにおいは、その屋台《やたい》から、ただよってくるようでした。

「おじいさん、ラーメン屋《や》さんなの？」

シンくんは、白《しろ》ひげのおじいさんにたずねました。

「いつもじゃないさ。」

と、おじいさんは答《こた》えました。

「いつもは、南《みなみ》の空《そら》からうごけんのでな。今夜《こんや》みたいに、ぶあつい雲《くも》が空《そら》をおおって、星《ほし》のすがたをかくしてくれたら……。

そしたらわしは、あの屋台《やたい》を引《ひ》っぱって、南《みなみ》の空《そら》から、この天《あま》の川《がわ》のほとりまでやってくる。そして、ラーメン屋《や》の、店《みせ》びらきをするというわけじゃ。」

「ふうん……。」

シンくんは、ふしぎな気持《きも》ちで、あらためて、白《しろ》ひげおじいさんのことを、見《み》つめました。

おじいさんのかかえたザルの中《なか》には、みどり色《いろ》をしたなにかが、いっぱい入《はい》っています。シンくんがジロジロ見《み》ていると、おじいさんは、わらいながら「ほれ。」と、ザルの中身《なかみ》を、シンくんのほうにさしだして、見《み》せてくれました。

「サヤエンドウだよ。」

そう言《い》っておじいさんは、頭《あたま》の上《うえ》の豆《まめ》の木《き》をゆびさします。

シンくんが、ゆびさされたほうに目《め》をむけると、てっぺんに近《ちか》い豆《まめ》の木《き》のはっぱのかげには、まだふくらんでいない、ぺったんこの豆《まめ》のサヤが、ぶらさがっていました。

「ラーメンに、入《い》れるんじゃ。とれたてのサヤエンドウは、うまいぞ。」

「サヤエンドウかあ……。」

感心《かんしん》して、豆《まめ》の木《き》とザルの中《なか》を見《み》くらべているシンくんに、おじいさんが言《い》いました。

「とくせいヤキブタを、ゆずってもらったおれいに、ぼうやにも、わしの、とくせい天《あま》の川《がわ》ラーメンを、ごちそうしよう。いやぁ、まったく、あのヤキブタがなかったら、今夜《こんや》は店《みせ》をひらけんところだったよ。肉屋《にくや》のとくせいヤキブタは、売《う》りきれだったからな。」

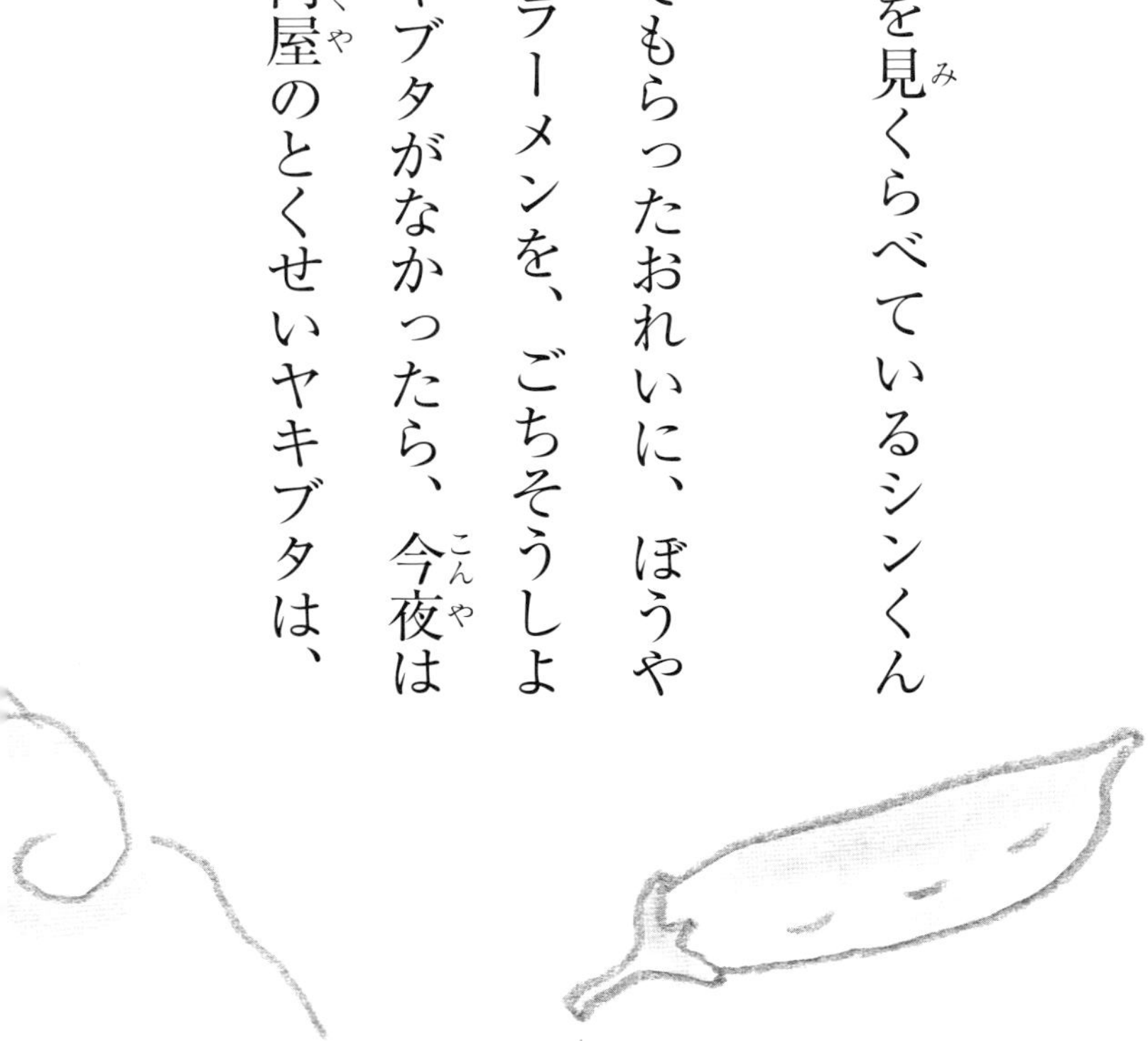

じゃあ、ヤキブタが
なくなったのは、
やっぱり、
このおじいさんの
しわざだったんだ……と、
シンくんは心《こころ》の中《なか》で
思《おも》っていました。

「こんばんは。」

そのとき、どこかで声《こえ》がしました。

シンくんが、声《こえ》のしたほうをふりかえったとき、白《しろ》ひげのおじいさんが言《い》いました。

「ほい、しまった、お客《きゃく》さまだぞ。」

シンくんは、そのお客《きゃく》さまのすがたを見《み》て、目《め》を丸《まる》くしてしまいました。

天《あま》の川《がわ》ラーメンの屋台《やたい》の前《まえ》に、どこからやってきたのか、二ひきの、クマの親子《おやこ》が立《た》っていました。

あわてて屋台《やたい》のほうにもどっていく、おじいさんのあとに

ついて、シンくんも、川《かわ》のほとりを歩《ある》いていきました。

近《ちか》づいてみると、クマの親子《おやこ》は、屋台《やたい》の前《まえ》のベンチに、もうちゃんとすわって、ラーメンをちゅうもんしていました。

「天《あま》の川《がわ》ラーメン、ふたつ。ひとつは、ネギ多《おお》めで、めんかため。もうひとつは、メンマぬき、めんやわらかめで、おねがいします。」

でっかいクマが、すました顔《かお》で言《い》うと、となりにすわった子《こ》グマが、うれしそうに体《からだ》をゆすって言《い》いました。

「ぼくも、ネギおおめ！　ネギおおめ！」

「ほい、ほい。ただいま。」

おじいさんは、そう言《い》うと、大《おお》なべの中《なか》でグラグラにたっ

ているお湯《ゆ》に、ラーメン玉《だま》をふたつなげこみました。

もうひとつの大《おお》なべの中《なか》からは、なんともいえずおいしそうなスープのにおいの湯気《ゆげ》が、ふわふわ立《た》ちのぼっていました。

トリガラのような、カツオだしのような、トンコツのような……、シンくんが今《いま》までかいだことのない、すばらしいにおいなのです。

おじいさんは、ラーメンを、クマたちのちゅうもんどおりのかたさにゆであげると、それをラーメンばちに入《い》れ、上《うえ》からたっぷり、金色《きんいろ》のスープをそそぎ入《い》れました。どっさり、山《やま》もりのネギと、ナルトと、はんじゅくたまご。

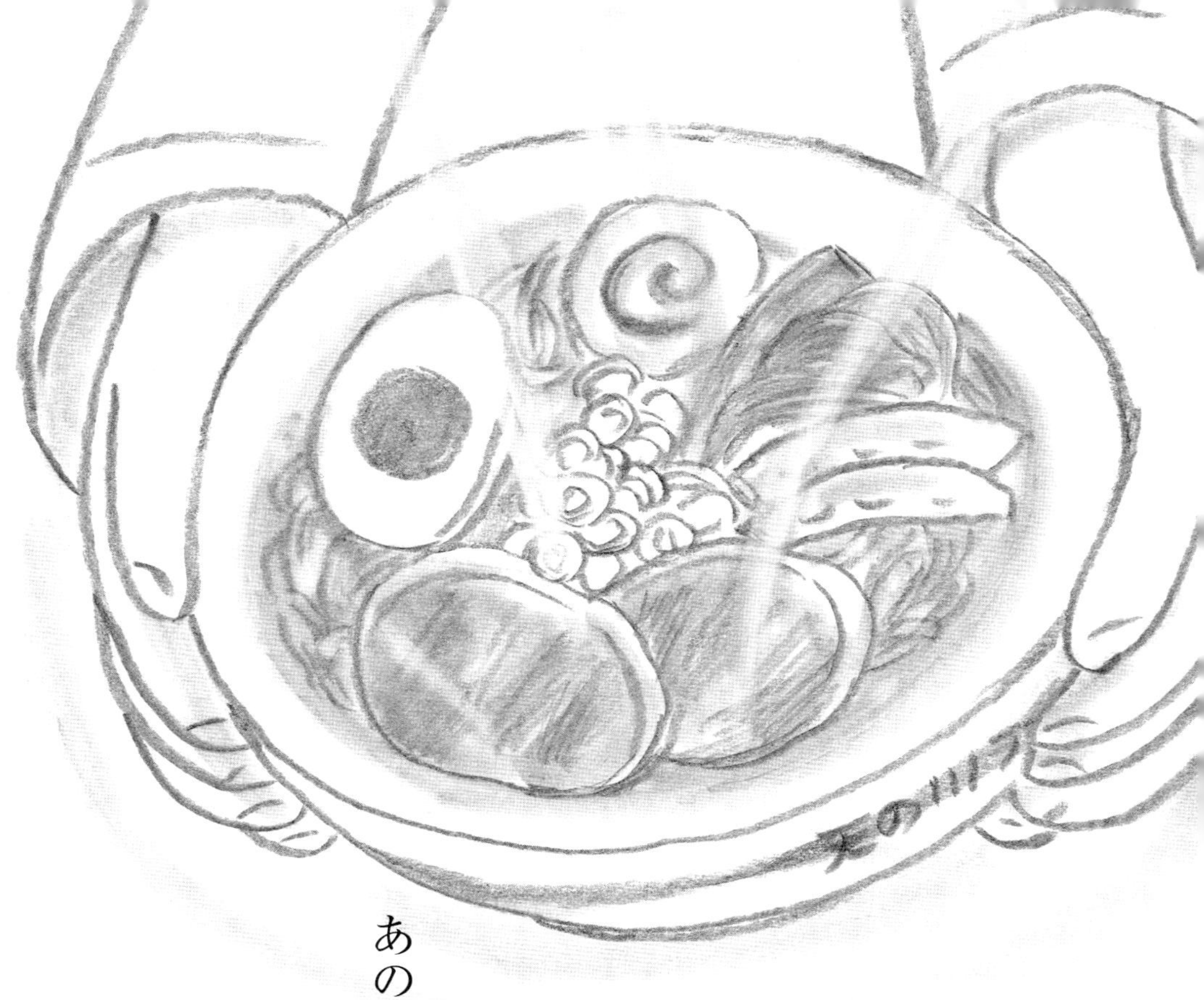

かたっぽの
ラーメンには
メンマをのっけ、
それから、両方《りょうほう》の
ラーメンの上《うえ》に
もぎたての
サヤエンドウと
あのとくせいヤキブタを、
しあげに
もりつけます。

「へい、おまちっ！」
と、おじいさんが
さしだすと、クマたちは、
大《おお》よろこびで、ラーメンを
すすりはじめました。
ちゃんと、じょうずに、
おはしをつかって……。

天の川ラ
天の川ラ

さあ、それから、
天《あま》の川《がわ》ラーメン屋台《やたい》には、
つぎからつぎへと
お客《きゃく》さまがやって
きました。

大《おお》きな
ハクチョウが
やってきたかと思《おも》えば、
なんと、りっぱなツノを
はやした、いっかくじゅうも
やってきました。みんな、じょうずに
おはしをつかって、ラーメンを食《た》べています。

弓《ゆみ》と矢《や》をせなかにかついだ、わかいりょうしは、大小二《だいしょう》ひきの犬《いぬ》をつれていましたが、この犬《いぬ》たちも、りょうしといっしょに天《あま》の川《がわ》ラーメンを食《た》べたのです。ちゃんとじょうずにおはしをつかってね。

お客《きゃく》さまたちが、ラーメンを食《た》べているあいだじゅう、シンくんのおなかは、グウグウなりつづけていました。うっとりするようなスープのにおいに、口《くち》の中《なか》には、つばがわき、シンくんは、なんども、ゴクン、ゴクンと、つばをのみこまなくてはなりませんでした。

天の川
ラーメン

とうとう、さいごにやってきたふたごの男《おとこ》の子《こ》たちが、それぞれ、かえ玉《だま》まで食《た》べて、帰《かえ》っていくと、白《しろ》ひげおじいさんが、ホッとためいきをついて、シンくんに言《い》いました。

「やあ、おまたせ、おまたせ。さあ、ぼっちゃんに、天《あま》の川《がわ》ラーメンを、つくってあげよう。めんのかたさは、ふつうでいいかね？」

そして、おじいさんは、シンくんのために、とびきりおいしい天《あま》の川《がわ》ラーメンを、つくってくれたのです。

天の川ラーメン

もちもちめんに、金色《きんいろ》のスープ。ナルトにメンマに青《あお》いネギ。とろりとろけるはんじゅくたまご。そして、しあげは、もちろん、もぎたてシャキシャキのサヤエンドウと、あの、とくせいヤキブタのスライスです。

まあ、そのラーメンの、おいしかったこと、おいしかったこと。シンくんは、ツルツル、モリモリ、ゴクゴクと、むちゅうで、ラーメンを食《た》べつづけました。そして、気《き》がついたら、ラーメンばちのそこの、さいごの一てきのスープまで、きれいにのみほしていたのです。

「おいしかったかね？」

ぼんやりしているシンくんに、白《しろ》ひげおじいさんが、にこにこしながらききました。

「ああ……、ラーメン！」

シンくんは、思《おも》わず、そうつぶやきました。

「ラーメン、さいこう！　天《あま》の川《がわ》ラーメンは、もっとさいこう！」

そのことばを聞《き》くと、おじいさんは、顔《かお》をくしゃくしゃにして、にこにこ、にやにや、うれしそうにわらいました。

「そうとも、そうとも！
ラーメン、さいこう！
天《あま》の川《がわ》ラーメンなら、
もっとさいこう！」

屋台《やたい》から、ふんわりながれる、ラーメンのかおりをかきまぜて、どこからか、風《かぜ》がふいてきました。ゆるやかにながれる天《あま》の川《がわ》が、ちょっぴりかがやきをまし、なんだかおじいさんの体《からだ》まで、キラキラと光《ひか》っているように見《み》えました。

シンくんは、そのあと、どうやって家《いえ》に帰《かえ》ったのか、思《おも》いだすことができませんでした。気《き》がつくと、朝《あさ》になっていて、シンくんは、いつもの自分《じぶん》のへやのベッドの中《なか》で、目《め》をさましたのです。

まどから、にわをのぞいてみても、もうあの豆《まめ》の木《き》は、あとかたもなく、きえうせていました。

「……ゆめだったのかなあ？」
だけど、たしかにパジャマには、あの天《あま》の川《がわ》ラーメンのにおいが、しみこんでいたのです。
「シンくん、なんだか、ラーメンくさいわよ。」
って、おかあさんが言《い》ったぐらいですから、まちがいありません。

その日《ひ》からシンくんは、星《ほし》の見《み》えない夜《よる》になると、雲《くも》がたれこめる夜空《よぞら》を、見《み》あげずにはいられなくなりました。

今《いま》ごろ、あの雲《くも》の上《うえ》の、天《あま》の川《がわ》のほとりでは、白《しろ》ひげおじいさんが、小《ちい》さな屋台《やたい》で、天《あま》の川《がわ》ラーメンを、つくっているのでしょうか？

もう一回《かい》、天《あま》の川《がわ》ラーメンが食《た》べたいなぁ……とシンくんは思《おも》います。だから、お肉屋《にくや》さんで、とくせいヤキブタを買《か》って帰《かえ》るとちゅうには、かならず、公園《こうえん》の入《い》り口《ぐち》のベンチをたしかめてしまうのです。

いつかまた、あの白《しろ》ひげおじいさんがあらわれて、

「とくせいヤキブタを
ゆずってくれ。」
と言《い》わないかな……と。
天《てん》までのびる、
まほうのエンドウ豆《まめ》を、
シンくんにくれないかな……
と思《おも》うのです。

ラーメンのまめちしき

ラーメンがもっとおいしくなる
オマケのおはなし

ラーメンはどこ生《う》まれ？

このおはなしに出《で》てくるシンくんのおうちのように、休日《きゅうじつ》のお昼《ひる》はラーメンというおうちも多《おお》いのではないでしょうか。

日本《にっぽん》で親《した》しまれているラーメンは、もとは中国《ちゅうごく》からやってきました。漢字《かんじ》でラーメンを「拉麺」と書《か》きますが、中国《ちゅうごく》には「拉麺《ラーミエン》」というめん料理《りょうり》があります。「拉麺《ラーミエン》」は、小麦粉《こむぎこ》をねった生地《きじ》を、手《て》で引《ひ》きのばしためんをつかっていて、日本《にっぽん》のラーメンとは見《み》た目《め》からしてずいぶんちがいます。

いちばんのちがいは、スープでしょう。

中国《ちゅうごく》の拉麺《ラーミエン》は、具《ぐ》とめんが主役《しゅやく》ですが、
日本《にっぽん》では、スープとめんが主役《しゅやく》なのです。
海外《かいがい》では、日本《にっぽん》のラーメンがとても
人気《にんき》なんですよ。ラーメンはもはや、
日本料理《にほんりょうり》といってもいいかもしれませんね。

何味《なにあじ》のラーメンが好《す》き？

天《あま》の川《がわ》ラーメンは、トリガラのような、カツオだしのような、トンコツのような……すばらしいにおいのする金色《きんいろ》のスープでした。

ざんねんながら金色《きんいろ》のスープは、わたしたちはなかなかのむことができませんが、おうちでつくれるラーメンにもさまざまなスープがあり、いろんな味《あじ》を楽《たの》しむことができます。

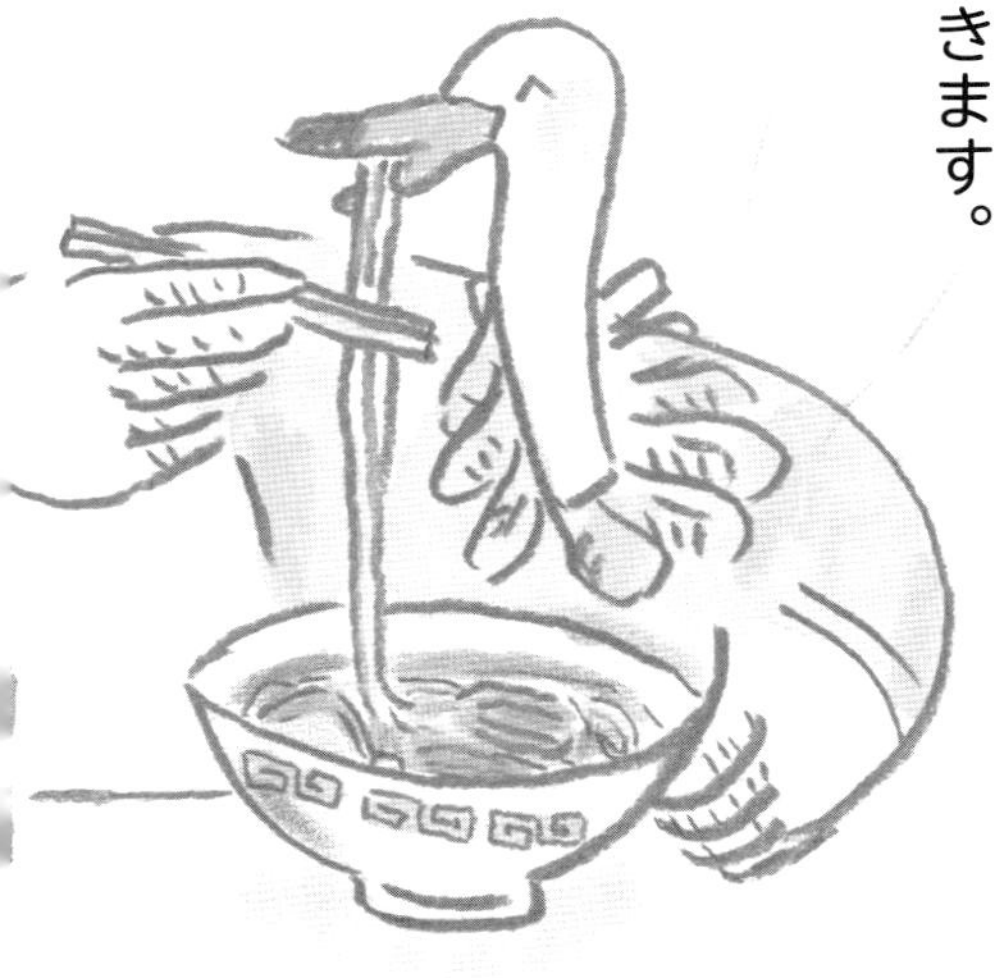

○しょうゆラーメン

トリガラやトンコツなどでとっただしに、こんぶやにぼしなどの和風《わふう》だしを合《あ》わせ、しょうゆダレをくわえます。さっぱりとした味《あじ》です。

◯みそラーメン

札幌《さっぽろ》で生《う》まれたみそ味《あじ》のラーメンです。いためた野菜《やさい》をたっぷりのせるのが定番《ていばん》です。

◯トンコツラーメン

トンコツを長時間《ちょうじかん》にこんでだしをとります。こってりとした味《あじ》で、にんにくなどの香辛料《こうしんりょう》がよく合《あ》います。

ラーメンを食《た》べるときは、みそラーメンのように野菜《やさい》をたっぷりのせたり、副菜《ふくさい》に野菜《やさい》をつかった料理《りょうり》をとりいれたりすると、栄養《えいよう》バランスもよくなるのでおすすめです。

富安陽子｜とみやすようこ

作家。東京都生まれ。和光大学人文学部卒業。25歳でデビューし、1991年『クヌギ林のザワザワ荘』で日本児童文学者協会新人賞、小学館文学賞、1997年「小さなスズナ姫」シリーズで新美南吉児童文学賞、2001年『空へつづく神話』で産経児童出版文化賞を受賞。『やまんば山のモッコたち』がIBBYオナーリスト2002文学作品に選出される。『盆まねき』で2011年、第49回野間児童文芸賞、2012年、第59回産経児童出版文化賞フジテレビ賞を受賞。

石川えりこ｜いしかわえりこ

絵本作家。福岡県生まれ。九州造形短期大学デザイン科卒業後、デザイナーを経て、イラストレーターとなる。『ボタ山であそんだころ』(福音館書店)で第46回講談社出版文化賞絵本賞を受賞。

装丁／望月志保（next door design）
本文 DTP ／脇田明日香
巻末コラム／編集部

たべもののおはなし　ラーメン

天《あま》の川《がわ》のラーメン屋《や》

2017年 2 月 21 日　第 1 刷発行
2022年 12月 1 日　第 3 刷発行

作　富安陽子《とみやすようこ》
絵　石川《いしかわ》えりこ
発行者　鈴木章一
発行所　株式会社講談社
〒 112-8001 東京都文京区音羽 2-12-21
電話　編集 03-5395-3535　販売 03-5395-3625　業務 03-5395-3615
印刷所　株式会社ＫＰＳプロダクツ
製本所　株式会社若林製本工場

KODANSHA

N.D.C.913 79p 22cm
ISBN978-4-06-220440-8